LETTRE

RESPECTUEUSE

A SON EXCELLENCE

MONSEIGNEUR LE C.te DE MONTALIVET

MINISTRE DE L'INTERIEUR,

Sur le rapport du Jury chargé de l'examen des ouvrages
pour le concours des prix décennaux,

Pour servir de développement à une première lettre qui a été
adressée à Son Excellence sur le même objet;

Par J. BRUGUIÈRE, du Gard.

35326

PARIS,

DE L'IMPRIMERIE DE MAME FRÈRES.

1810.

LETTRE

RESPECTUEUSE

A SON EXCELLENCE

MONSEIGNEUR LE Cᵗᴱ DE MONTALIVET,

MINISTRE DE L'INTÉRIEUR,

Sur le rapport du Jury chargé de l'examen des ouvrages pour le concours des prix décennaux.

Pour servir de développement à une première lettre qui a été adressée à Son Excellence sur le même objet.

MONSEIGNEUR,

L'HOMME de lettres n'a de fortune réelle que la réputation de ses ouvrages, lorsqu'ils peuvent mériter l'attention publique, et mon Poëme épique du Napoléon *en Prusse* avait été assez heureux pour faire connaître son existence. Les suffrages illustres et motivés de plusieurs Souverains, de grands personnages, de littérateurs distingués et de plusieurs académies; la faveur que SA MAJESTÉ L'EMPEREUR ET ROI avait daigné m'accorder, en m'admettant à l'honneur de lui présenter cet ouvrage; le goût et les lumières connues du Ministre, qui avait bien voulu en agréer la dédicace; les critiques même des journaux plus ou moins équitables, mais dont plusieurs ont bien voulu attribuer quelque mérite à ma timide production; enfin, la publicité étendue qu'elle a reçue, tout avait dû me faire espérer que le Jury voudrait bien lui accorder les honneurs de l'examen, pour m'indiquer, aux termes du second décret sur les grands prix, les défauts que j'avais à corriger. Cette faveur était digne de lui, digne de son indulgence, de son esprit d'encouragement et de la haute mission qu'il était appelé à remplir; elle était, en effet recommandée par les vues régénératrices de l'auguste fondateur des prix. Cependant, au mépris du second décret qui institue un prix pour le poëme épique, mon poëme est couvert d'un profond oubli ! On dirait qu'il n'a pas été jugé digne du moindre examen. J'ai donc travaillé en vain; la grandeur et les difficultés de mon entreprise ne sont point appréciées; je n'ai plus qu'à brûler mon livre, si VOTRE EXCELLENCE ne croit pas devoir le mettre sous son autorité tutélaire et protectrice des lettres.

Permettez-moi, Monseigneur, de soumettre à Votre Excellence quelques nouvelles observations que cet oubli affligeant fait naître, en me privant sur-tout de la discussion éclairée qui doit avoir lieu dans la deuxième classe de l'Institut.

Rien n'est plus délicat et sans doute plus difficile que de parler de soi avec la mesure convenable. On craint toujours de n'en pas assez dire pour soi-même, et on doit craindre davantage d'en trop dire à l'égard du public. Je me permets d'ailleurs d'émettre des observations sur le travail du Jury chargé de l'examen des ouvrages qui ont dû concourir aux prix décennaux, et les lumières des savants recommandables qui composent ce Jury exigent que ces observations soient fondées, si je veux obtenir l'approbation de l'autorité et du public.

Mon intention, Monseigneur, n'est pas de m'ériger précisément en censeur du rapport que le Jury vient de publier. Je ne veux parler que dans ma propre cause ; je ne me permettrai ensuite des observations sur l'opinion du Jury relative au Poëme épique, que parceque le décret impérial autorise et paroît même provoquer toute discussion publique et particulière sur cet objet, et si cette discussion m'entraîne à relever quelques erreurs que présente ce rapport, le respect que mérite le Jury ne quittera jamais ma plume. Je n'oublierai pas que le Jury n'est pas un simple particulier, une société privée qui énonce une opinion ; je le considèrerai comme étant délégué par le souverain, pour prononcer un jugement qui, malgré les erreurs qu'il peut renfermer, ne peut pas être attaqué par des sarcasmes, des diatribes, mais seulement par des raisonnements et des observations qui ne s'écartent pas des égards dus aux délégués de l'autorité. Le décret impérial a autorisé les discussions raisonnées, et non des diatribes semblables à celles que l'on se permet déjà avec une imprudente légèreté.

J'ai cru, Monseigneur, pouvoir composer et publier un Poëme épique. Cette grande intention était peut-être au-dessus de mes forces. Je me suis laissé éblouir par la gloire de mon héros, par l'empire absolu que mon admiration particulière exerce sur mon ame; j'ai voulu mêler ma faible voix à celle du monde et de la postérité pour célébrer ses exploits, et j'ai cru ne pouvoir m'élever à leur grandeur que par une grande entreprise : voilà mon excuse.

Dès le mois de septembre 1808, les journaux firent connaître au public que mon ouvrage était terminé et livré à l'impression; ils en annoncèrent la vente par souscription; et avant le 9 novembre suivant, l'impression n'étant pas terminée, je me présentai dans les bureaux de l'Institut de France pour y déposer le manuscrit, le décret impérial admettant au concours les ouvrages PUBLIÉS OU CONNUS avant sa clôture. Je fus inscrit sur les registres, et l'on m'invita à reprendre le manuscrit, à faire continuer l'impression, et à envoyer un exemplaire de l'ouvrage lorsqu'elle serait terminée. On m'assura que l'ouvrage étant DÉJÀ PUBLIÉ ET CONNU, il me suffisait de prendre date pour être admis au concours.

Je fis continuer; je pressai l'impression. Je fis orner

mon livre des portraits de la famille impériale, de ceux de l'empereur de Russie et du roi de Prusse, et j'en adressai un exemplaire au Jury avant qu'il eût commencé son travail.

Le Jury ayant terminé son rapport, j'appris qu'il ne s'était pas occupé de l'examen de mon poëme. Je fus instruit que ses motifs étaient que l'ouvrage n'ayant pas été imprimé avant la clôture du concours, et le décret impérial n'accordant pas de prix au poëme épique, on avait cru pouvoir l'écarter quoiqu'il fût suffisamment connu.

Je me permis d'adresser à Votre Excellence d'humbles représentations, et elle daigna me répondre que je devais les soumettre au Jury. Mais le Jury ayant remis son travail, mes réclamations devenaient inutiles.

Cependant Sa Majesté, reconnaissant que son premier décret demandait des développements pour son exécution, en rendit un second sur le rapport de Votre Excellence, qui, en augmentant le nombre des prix, daigna en destiner un spécialement au poëme épique. J'ai eu des motifs puissants de croire que l'intention attachée à ce prix concernait mon Poëme, le seul publié depuis dix ans qui portât le titre de Poëme épique, et qui approchât le plus des caractères et des règles de l'épopée. J'ai dû penser que la distribution des prix étant reculée d'un an, la clôture l'était aussi, *en ce qui regardait les nouveaux prix;* et cette opinion est devenue certaine par l'ordre donné, art. 6, au

Jury de revoir son travail, *et de s'occuper des nou-veaux prix fondés par Sa Majesté.*

Ma plus grande ambition étant de voir mon Poëme examiné par des hommes éclairés, livré à une discussion exigée par le décret sur ses défauts et son mérite, j'avais espéré des moyens assurés pour corriger cet ouvrage, et j'attendais avec l'impatience d'un auteur qui est persuadé qu'il a encore beaucoup à faire pour perfectionner son livre, le nouveau rapport du Jury. Ce rapport est publié, je l'ai lu, et il n'y est point question de ma timide production, ni comme poëme épique, *ni comme petit poëme sur un sujet national !* Quels ont été les motifs de cet oubli ? Je ne puis les rechercher sans me livrer à des réflexions pénibles.

Ces réflexions, Monseigneur, s'appliqueront à ce qui m'est particulier, et elles auront ensuite l'intérêt public, les succès littéraires en vue, en ce qui concerne le poëme épique.

Et d'abord mon poëme ne pouvait pas être écarté du concours; il devait par conséquent être jugé, ou du moins mentionné, lors même que le Jury eut dû le déclarer mauvais : telle est l'intention du décret. Ce décret veut que les ouvrages soient discutés par le Jury, comme par les diverses classes de l'Institut.

J'avance et je soutiens que mon poëme ne pouvait pas être écarté du concours. Il était en effet publié et *connu* avant la clôture, et le premier décret veut que tout ouvrage d'art, de littérature et de science *publié ou connu*, soit examiné et puisse concourir.

Or le mien était *publié et connu* avant le 9 novembre 1808.

Le second décret, en prorogeant la distribution des prix, a aussi implicitement prorogé la clôture du concours pour les nouveaux prix qu'il a institués. Elle n'a donc eu lieu qu'en novembre 1809. Certes, s'il y a des cas où l'interprétation d'une loi doive être favorable, c'est celui où le souverain annonce sa munificence. Tout alors est en faveur des objets de cette munificence ; et c'est mal répondre aux intentions du monarque que d'en paralyser les effets par un calcul rétréci, par des idées peu libérales qui tuent les espérances données par le souverain. Le second décret ordonne expressément au Jury d'examiner les ouvrages pour lesquels il est créé de nouveaux prix, et dès qu'il est démontré que ces ouvrages existaient à l'époque de la publication de ce décret, ils sont renfermés dans le décret, et on n'a pu les écarter du concours. Mon poëme est donc dans les termes du concours ; il a donc dû être examiné, quelque jugement que le Jury eût cru devoir porter sur son mérite ; eût-il dû déclarer (en le prouvant) qu'il était absurde, sans goût, détestable et nuisible aux progrès des lettres par ses défauts. Il eût dû le déclarer, dis-je, pour venger la littérature, le siècle et la France de la témérité d'un mauvais écrivain.

Je dois présenter à Votre Excellence un raisonnement plus positif encore et fondé sur le texte des décrets. L'article 2 du premier décret porte expressément *que la clôture du concours n'aura lieu qu'un an avant la distribution.* Or, la distribution étant prorogée au 9 novembre 1810, la clôture a dû l'être jusqu'au 9 novembre 1809, *en ce qui concernait les nouveaux prix institués par le dernier décret.* Les auteurs, en effet, des ouvrages pour lesquels le premier décret n'avait pas établi des prix, pouvaient négliger de se présenter, et ils ont dû en avoir la faculté aussitôt que, par une nouvelle disposition, Sa Majesté a daigné en créer pour eux. La justice la plus sévère ne pourrait, ce me semble, détruire ce raisonnement. On ne peut s'occuper que de ce qui existe, et on n'a pu avoir l'intention de concourir pour un prix, que lorsque ce prix a été institué.

Mon Poëme devait donc être admis, il devait être examiné, *soit parcequ'il était publié par les journaux, et connu avant le* 9 *novembre* 1808, époque de la clôture ; soit parceque le prix auquel il a pu aspirer par son genre n'ayant été institué que le 28 novembre 1809, la clôture n'a pu être définitive POUR LUI qu'à cette époque ; soit parceque l'article 2 du premier décret déclarant que la clôture ne doit avoir lieu qu'un an avant la distribution, et que la distribution ne sera faite qu'au 9 novembre 1810, cette clôture *pour les nouveaux prix institués* ne peut être fixée qu'au 9 novembre 1809. S'il n'est donc pas fait mention de mon Poëme, c'est par suite d'une injustice méditée que j'arriverai peut-être à expliquer, et qui dans tous les cas est bien en opposition avec l'esprit d'encouragement qui a dicté l'institution des grands prix.

Si donc mon Poëme devait être admis au concours, ainsi que je crois l'avoir démontré, pourquoi, j'oserai le demander, est-il resté dans un oubli insultant, et qui fait croire au public qu'il n'a pas été jugé digne d'examen ? La raison qui m'en a été donnée par l'un des plus honorables membres du jury, c'est que dans les bureaux de l'Institut on n'a reçu mon ouvrage que quelques mois après celui de novembre 1808, et on sent, d'après les faits et les conséquences que je viens d'expliquer, que je prends cette raison seulement pour une excuse polie. Le Jury est trop éclairé pour avoir laissé échapper les observations que je viens de présenter, pour n'avoir pas été persuadé que j'étais dans les délais du concours; et en cas d'incertitude, quoiqu'il ne paroisse pas attacher une bien haute considération au Poëme épique, *n'eût-il pas dû*, Monseigneur, *demander à Votre Excellence si le second décret ne prorogeait pas la clôture du concours jusqu'à sa publication, pour les nouveaux prix institués par Sa Majesté ?* Il n'a donc omis mon Poëme que parceque cet ouvrage, malgré le genre, a été trouvé indigne de son attention, et qu'il est mauvais; CE QU'IL FALLAIT POURTANT DÉMONTRER.

Avant d'entamer une discussion sur le mérite de cette production, et voir jusqu'à quel point elle a pu être jugée défectueuse, qu'il me soit permis, Monseigneur, d'instruire Votre Excellence qu'il existe

entre l'un des honorables membres du Jury et moi
une querelle sérieuse depuis plusieurs années; qu'elle
est causée par la rétention frauduleuse D'UN TRÉSOR,
d'un manuscrit de Fontenelle, tout de la main de cet
illustre académicien et contenant la traduction entière
d'Horace, avec un traité sur la manière de traduire
les auteurs latins; qu'après m'être épuisé en égards,
en procédés, en réclamations respectueuses, j'ai été
forcé de lui faire, par huissier, une sommation extra-
judiciaire, et que, malgré que ce parti me soit pénible,
je suis à la veille de le traduire à la police correction-
nelle, puisque l'honneur, sa conscience, le respect
qu'il doit à sa position personnelle, ne sont pas un
tribunal assez puissant pour le contraindre à la resti-
tution. Ce n'est qu'avec douleur que je consigne ici
ce fait, et j'aime encore à repousser la pensée que
cette querelle privée ait pu influer sur la détermina-
tion de cet honorable membre. Je m'empresse d'a-
bandonner cette idée, et je supplie Votre Excellence
d'oublier la déclaration que je me permets de faire; il
serait trop pénible de penser que ce fait a pu causer
une opposition à l'admission de mon ouvrage au
concours. Je me hâte, Monseigneur, de passer à la
recherche de tout autre motif, et je préfère croire
que mon Poëme n'a pas été jugé digne de l'attention
du jury.

Sur ce dernier motif, qu'il me soit permis de faire
moi-même un examen rapide de cet ouvrage. J'ose
avancer que, guidé par l'opinion de plusieurs littéra-

teurs éclairés, je parviendrai à offrir une discussion impartiale, comme s'il m'était étranger.

Si je ne connaissais pas cet ouvrage et que je fusse appelé à le juger, je commencerais par consulter l'opinion publique, et si je voyais le jugement favorable d'une foule d'hommes instruits, appuyé par le suffrage de presque tous les souverains de l'Europe, et sur-tout par l'opinion *raisonnée* du savant prince primat d'Allemagne, qui croit l'ouvrage supérieur à la Pharsale (que le Jury eût peut-être trouvée digne de quelqu'attention); si je voyais Sa Majesté l'Empereur et Roi admettre l'auteur à l'honneur de lui présenter ce Poëme après s'en être fait rendre compte; si je voyais un ministre distingué par la précision toujours claire de ses écrits et de son éloquence, s'en déclarer le patron, plusieurs académies célèbres lui attribuer du mérite, des journaux impartiaux y trouver des beautés; si je voyais enfin que le sujet traité est relatif à la gloire de mon pays, certes je penserais qu'un tel ouvrage mérite un examen réfléchi, et qu'il n'est pas indigne de mon attention, malgré tous les défauts que je pourrais y reconnaître.

Je procèderais, comme l'a fait le Jury à l'égard du poëme épique; et sans vouloir établir des comparaisons avec les grands noms d'Homère, de Virgile, de Milton, du Tasse, et même de Voltaire, sans croire, sans exiger que ce poëme puisse égaler les chefs-d'œuvre de ces mémorables écrivains; je me dirais que s'il offre *de l'importance dans le sujet, de l'inven-*

tion dans le plan, *de l'intérêt dans l'action*, *de la variété dans les incidents*, *de la perfection de style dans l'exécution*, je lui accorderais la plus grande attention, et j'aurais sur-tout égard à la difficulté de l'entreprise et à la réputation dont pourrait déjà jouir l'auteur.

Je prendrais donc, je lirais le Poëme épique du Napoléon en Prusse, qui me paraîtrait réunir la plupart de ces conditions; et après avoir reconnu que la voix publique en a signalé l'existence, je ne tarderais pas à me convaincre que la campagne de Prusse *est un sujet important*; qu'elle offre tous les caractères de l'épopée, et que rien n'est plus important encore que le tableau des actions étonnantes du Héros, semées dans le fond de l'action, comme dans les épisodes et les incidents. Je trouverais *de l'invention dans le plan;* qu'il est absolument neuf, que la fable offre une marche inconnue, que le merveilleux est également inventé. Je trouverais encore *de l'intérêt dans l'action;* j'y verrais le renversement d'un grand état, et l'accroissement de l'éclat de l'empire du vainqueur, par un enchaînement de victoires et d'évènements inconcevables; je reconnaîtrais *la plus grande variété dans les incidents*, par le songe relatif à la colonne de la gloire; par la visite du tombeau de Frédéric, par la lettre mémorable écrite au chef ennemi, et que l'auteur a changée en une ambassade, par l'apparition de l'Égyptienne, le pardon accordé au prince d'Hastfeld, la prédiction de la conquête de l'Es-

pagne, de l'Afrique et de l'Asie, l'expédition de l'É-
gypte amenée sur la scène, la description de l'antre
de la politique qui remplace l'enfer des poëmes de ce
genre, la nomenclature des princes confédérés, le
tableau des travaux de l'intérieur, concurremment
avec les victoires extérieures, les ambassades de plusieurs potentats, etc., etc., etc.

Arrivant à la perfection du style dans l'exécution,
mon examen serait plus approfondi : et si je recon-
naissais que tout ce qui constitue le poëme épique s'y
trouve en grande partie, et qu'avec le temps et le travail on peut espérer davantage de l'auteur, lors même
que tous les caractères de l'épopée n'y seraient pas
assez marqués aujourd'hui, j'avouerais que le style
du Napoléon en Prusse manque de cette perfection
qui seule fait vivre les ouvrages; je dirais même que
le style de ce Poëme fourmille de négligences, et que
l'auteur a beaucoup à faire pour en élaguer les défauts
nombreux; mais je dirais aussi que beaucoup de pas-
sages sont riches de style, et je citerais sans crainte
d'être démenti presque tous les discours des Dieux
qu'il a inventés, l'exposition du sujet, la colonne de
la gloire, le discours du prince Murat, aujourd'hui
roi de Naples, au roi de Prusse, *sur-tout la bataille
d'Jéna*; le discours de Frédéric au cinquième chant,
celui de Juba au sixième, l'épisode de l'expédition
d'Égypte, la description de l'antre de la politique, en
général, les discours que prononce le Héros, ceux des
ambassadeurs de la Turquie et de la Perse, *la bataille*

d'Eylau, le siège de Dantzick; enfin, je citerais le dé-
nouement comme une beauté réelle de style et d'imagination, et je n'oublierais pas le chant de triomphe
qui termine le Poëme. Je conclurais cependant qu'il y
a encore des soins à donner, même à quelques parties
du style de ces beaux morceaux, et qu'enfin l'ouvrage
ne mérite pas le prix, si ce n'est pour encourager l'auteur; mais j'ajouterais qu'il est digne, sous beaucoup
de rapports, d'une mention quelconque et de l'attention de Sa Majesté comme des lettres, afin d'engager
l'auteur à le perfectionner, de le récompenser des
choses heureuses qui se trouvent dans son Poëme, et
du courage, je dirai même de la louable audace qu'il a
montrée en l'entreprenant. Je ne désespèrerais pas
enfin d'obtenir de l'auteur pour l'avenir un poëme
épique, puisque j'en aurais reconnu les germes dans
son travail; et loin de le décourager je m'empresserais
de le seconder par la discussion exigée par le second
décret sur les prix décennaux, d'après l'espérance
flatteuse de voir mon pays produire un jour un second
Poëme épique, dût cette espérance être trompée.

Voilà le jugement que je rendrais sur le Poëme de
Napoléon en Prusse, et je me ferais fort de le soutenir contre toutes les oppositions, quelle qu'en soit la
faiblesse à sa première édition.

J'ajoute que, d'après l'importance du sujet et le
respect dû au Héros, si j'avais pensé que l'ouvrage
ne pouvait pas être admis au concours, comme n'ayant
été envoyé que quelques mois après celui de no-

vembre 1808, j'en aurais du moins prévenu le public, pour ne pas nuire à la réputation de l'auteur, et j'aurais publié le motif qui l'aurait fait écarter de l'examen, ainsi que le Jury a cru devoir le faire pour d'autres ouvrages.

Mais c'est assez parler de moi, Monseigneur ; j'ai été peut-être même trop loin ; Votre Excellence en trouvera l'excuse dans l'oubli douloureux qu'on a fait de mes efforts et le peu de compte qu'on a tenu de mes longues veilles. Je m'empresse, pour l'intérêt de l'art, d'arriver aux observations générales que fait naître le rapport du Jury, afin de faire remarquer les erreurs inconcevables où il est tombé sur les intentions du fondateur des prix, comme sur l'idée que présente le mérite d'une création épique.

Je ne m'arrêterai pas à l'accusation, peut-être injuste, élevée contre ce tribunal, d'avoir manqué de jugement et d'impartialité ; de n'avoir eu ni mémoire, ni connaissances suffisantes ; de s'être laissé conduire par la passion de quelques uns de ses membres bien plus que par la justice ; d'avoir commis des erreurs graves, de s'être contredit fréquemment lui-même, d'avoir fait des oublis inconcevables, d'avoir sur-tout émis des hérésies dangereuses en littérature, en morale et en philosophie. Je sais que la tâche était difficile à remplir, et que les membres du Jury, eussent-ils été des dieux infaillibles, ils n'eussent jamais pu contenter toute la famille littéraire, la plus difficile à satisfaire. J'aurai du reste assez de reproches sérieux à lui faire, sans me charger de relever ceux que d'autres se sont permis.

Interrogeant en effet les considérations générales et d'intérêt public, je les vois sacrifiées à une critique qui manque de maturité, à des assertions erronées, et l'amour des lettres, le devoir de faire ressortir la gloire des temps où nous vivons et de préparer celle des âges futurs ne s'y trouvent pas.

Si je compare le rapport savant et éclairé de M. Chénier fait à Sa Majesté au nom de la deuxième classe de l'Institut le 27 février 1808, avec celui que vient de publier le Jury, je vois dans le premier la France éclairée, illustre en ce qui concerne les lettres, avant le gouvernement de Napoléon; et dans le second je vois sous son règne les lumières éteintes, l'empire des lettres détruit, le génie exilé, et la France revenue aux siècles d'ignorance. Je ne vois pas, d'après le Jury, un seul ouvrage réellement bon; et tous ceux même à qui il a attribué des prix ne les méritent pas, d'après les défauts présentés dans leur analyse. L'objet de l'institution des grands prix est le progrès des lettres, et cette institution n'a pu cependant encore faire éclore un seul bon ouvrage; en sorte que la gloire du règne de Napoléon ne sera pas complète du côté des lettres, qui contribuèrent toujours néanmoins à illustrer les grands souverains qui les ont peut-être moins protégées que lui. Certes, le Jury a en cela manqué d'esprit public et d'amour pour la gloire nationale. La France n'est pas riche encore sans doute en ouvrages nombreux produits depuis la période; mais elle en offre plusieurs dignes du suffrage des juges les plus difficiles, et les efforts annoncent de belles espérances que l'institution des prix décennaux ne manquera pas de réaliser. Je dois le dire, l'étranger doit, d'après ce rapport, avoir bien peu d'estime pour notre littérature actuelle, et nous croire singulièrement dégénérés et bien pauvres de génie et d'amour de la gloire, puisque dans dix ans nous n'avons pu produire un seul bon ouvrage, la plupart de ceux mentionnés ayant été composés bien avant l'ouverture de la période. On est forcé en effet, pour distribuer des couronnes, d'évoquer les hommes du siècle précédent, qui peuvent être récompensés sans doute, mais chez qui la glace de l'âge empêche de faire pénétrer l'encouragement et de donner des espérances. Ce sont d'excellents fruits mûrs qui se détachent de l'arbre et qui n'exigent plus de soins. Il ne faut s'occuper que de la renaissance des fleurs pour leur faire produire, si cela est possible, des fruits aussi bons.

On remarque en effet que, tandis que l'esprit de l'institution est d'encourager et de récompenser les hommes du règne du fondateur, le Jury n'attribue pour ainsi dire des prix qu'à ceux des temps précédents, et que la majorité est décernée aux membres de l'Institut, hommes déjà formés, dont la réputation est faite, qui sont assez encouragés par le rang même qu'ils occupent, que les bienfaits du Gouvernement doivent rendre tout dévoués à la gloire nationale, et qui, dans tout concours, ne sont pas censés pouvoir craindre des rivaux pour disputer les prix. A la lecture de ce rapport on est réellement tenté de faire répéter au Jury, après Molière : *Nul n'aura de l'esprit que nous et nos amis.* Ce système a été si fort adopté par le Jury, que l'on voit désigné, pour plusieurs prix, M. Delille, qui est bien loin d'avoir composé ses ouvrages pour le concours, qui n'a pas fait un seul vers en l'honneur de la gloire nationale, l'emporter sur les productions de ceux qui ont travaillé pendant la période, et dont le mérite est au moins égal. Ce que je dis de M. Delille peut s'appliquer à plusieurs autres; d'où je conclus que l'on a voulu faire couronner seulement les hommes et les ouvrages du temps passé, et non ceux du règne de Napoléon. Le Jury a donc formellement méconnu l'intention de celui qui a institué les prix pour préparer la gloire de l'avenir, soutenir les travaux présents, et non récompenser les hommes du dernier siècle, que d'ailleurs il a comblés de bienfaits.

Ces considérations démontrent que le jury ne s'est pas assez pénétré de l'importance et du but des fonctions qui lui étaient confiées, de l'esprit de l'institution des prix décennaux; il ne s'est pas assez dépouillé de tout ce qui tenait à l'homme, pour ne se montrer que juge; il n'a pas assez considéré l'avenir; il n'a vu que le présent qu'il a mal jugé, et n'a proposé des récompenses que pour le passé, pour déprimer la littérature actuelle et décourager les travaux futurs. L'amour de la gloire nationale qui animait le fondateur semble avoir été étranger à ses décisions ; et certes, pour revenir un instant à moi-même, je me permettrai de dire qu'un ouvrage consacré à cette gloire, et tandis que j'étais le seul qui eût osé tenter une grande entreprise pour la célébrer, devait assez provoquer son attention pour le porter à déclarer au moins dans son rapport les motifs qui l'empêchaient de s'occuper de ce Poëme, et aider l'auteur dans ses efforts pour le perfectionner. C'était bien, sans doute, de mentionner des opuscules de deux ou trois cents vers sur des faits nationaux, quoique antérieurs au règne actuel ; le Jury a encouragé des littérateurs du règne présent ; mais, tout en leur rendant justice, il semble que, lorsqu'il a cru devoir proclamer des opuscules de vingt-quatre heures, il devait quelques considérations à une composition du premier ordre, relative aux faits actuels, et qui a exigé de longues veilles.

Mais j'oserai présenter à Votre Excellence, Monseigneur, des objets plus sérieux que l'attention que je me suis efforcé jusqu'à présent d'appeler sur mon Poëme. Le Jury désespère du génie poëtique de son pays ; il assure, pour ainsi dire, que la France ne produira jamais de poëmes épiques. *C'est bien, je l'avoue, avoir une pauvre idée de sa nation.* Il trouve pourtant un moyen singulier de nous dédommager ; et, oubliant que le fondateur a institué un prix pour

la meilleure traduction des poëmes grecs, latins, ita-
liens, etc., il arrive par des raisonnements ambigus
et forcés à proposer de donner le prix destiné au
poëme épique à la meilleure traduction d'un poëme
ancien. Il ne s'arrête pas à la différence de mérite; il
ne considère pas que le traducteur ne fait que rendre
les idées et l'expression d'autrui; qu'il n'est pas créateur, qu'il ne peut même l'être; et il ne paraît pas
frappé de l'immense distance d'un génie créateur d'une
épopée, au travail servile du traducteur d'une chose
créée. Il va plus loin encore; il se permet d'assurer
que la traduction d'un ancien poëme épique est l'ouvrage de poësie qui approche le plus du genre de talent
et de l'étendue de travail qu'exige la création d'une
épopée. Ainsi le génie est dorénavant inutile aux
poëtes; il peut éteindre son flambeau sans que nous
ayons à le regretter; il ne faut plus que copier, que
rendre dans notre langue les poëmes des autres na-
tions, pour assurer notre gloire littéraire. L'invention,
d'après le Jury, est une chose oiseuse, inutile, im-
possible à obtenir; la carrière de l'épopée est fermée;
c'est un météore dissipé qui ne peut plus être repro-
duit chez une nation abâtardie, sans imagination,
sans esprit créateur, et qui ne peut se traîner que sur
les routes déjà tracées pour se parer péniblement d'une
gloire étrangère.

Cependant le Jury n'a pas hasardé ces paradoxes
sans intention, car les hommes qui le composent
n'agissent pas sans but; il a voulu saisir un nouveau

moyen de couronner encore un de ses membres,
et ce membre est encore M. Delille ! il n'est per-
sonne, sans doute, assez dépourvu de goût, qui ne
rende hommage au talent de M. Delille, qui pourtant
n'a jamais été traducteur fidèle ; mais son talent n'est
pas le génie, il n'a jamais rien inventé ; il ne sait que
peindre des objets existants, et je doute qu'il eût jamais
pu enfanter un poëme aussi médiocre que le mien. Il
faudra donc borner le génie des Français à des triolets,
à des chansons, et leur nier les moyens de pouvoir
rien créer et de se livrer avec succès à de grandes
compositions. C'est, il faut l'avouer, faire beaucoup
d'honneur à la France et avoir une bien haute idée de
son pays et de la grande pensée de son héros.

Et pourquoi, j'oserai le demander, Monseigneur,
le Jury, en assurant que le mérite de l'invention tient
à un don de la nature, croit-il pouvoir se permettre
d'avancer que ce don est absolument refusé au génie
des Français ? pourquoi assure-t-il, contre les espérances du fondateur des prix, que les récompenses
les plus séduisantes ne peuvent pas créer ce don, ou,
pour m'expliquer avec plus de justesse qu'il ne l'a fait,
qu'elles ne peuvent pas le développer et le faire mettre
à profit ? Puisqu'il est vrai que le règne de Louis XV
a produit un poëme épique sous les crayons de Voltaire,
et tandis que les lettres n'étaient plus qu'une spécula-
tion sans encouragement réel, pourquoi assurer que
le don de créer ne peut pas être accordé au règne de
Napoléon, malgré ses récompenses, et lorsque la terre

entière éprouve les effets de son génie créateur? pourquoi celui qui enfante de si grandes choses ne trouverait-il pas dans l'émulation que doivent produire les prix décennaux, des génies habiles à les chanter? quelle insulte faite aux âmes, qui comme la mienne éprouvent cet enthousiasme que produit l'existence d'un héros et brûlent du désir de lui rendre hommage! Il C'est se montrer du reste bien peu respectueux pour les vues de celui qui a cru la création d'une épopée possible, puisqu'il lui a destiné un prix, que de se permettre d'avancer « que l'encouragement pour avoir « son effet le plus efficace (*effet efficace !*) ne doit « s'appliquer spécialement qu'aux parties de l'art qui « peuvent s'acquérir et se perfectionner par l'ordre, « la réflexion et le temps. » Certes, je n'ai vu dans les deux décrets sur les prix décennaux aucune disposition qui chargeât le Jury de donner des leçons à leur fondateur; et cependant il ose ici régenter sa pensée et borner les facultés des Français pour qui cependant il est peu d'entreprises impossibles. Le Jury en donne lui-même une preuve, puisqu'il espère établir que le traducteur est au-dessus du créateur d'une épopée et que le fondateur des prix a commis une grande erreur, lorsqu'il s'est permis de croire que le génie existait encore en France, et qu'il pouvait se réveiller à la vue des choses étonnantes qui caractérisent son règne, et des récompenses qu'il destine aux productions du premier ordre.

Le Jury présente un singulier raisonnement pour

élever le mérite de traducteur au-dessus de celui de créateur d'une composition épique ; il prétend que notre langue, en s'étendant et se perfectionnant par l'usage, a donné au premier plus de facilité pour traduire en vers plusieurs beaux poëmes de l'antiquité ; mais pourquoi cette langue ne se serait-elle pas étendue pour le créateur comme pour le traducteur ? Et si par son perfectionnement le Jury croit qu'il est possible de nous transmettre l'Iliade dans toutes ses beautés, pourquoi celui qui pourrait créer une belle composition épique ne produirait-il pas un poëme semblable à l'Iliade ? Jusqu'à présent on avait pensé que c'était la pauvreté de notre langue qui s'était opposée à l'exécution du plan d'une belle épopée. Le Jury est le premier qui ait osé contester le don de la créer. Cependant ce don a toujours été reconnu comme existant dans les têtes françaises, et on prétendait seulement que la langue était insuffisante pour le bien employer. Certes, il est ridicule de dire que le perfectionnement de la langue ne pourra pas être aussi utile au créateur d'un beau plan, qu'au traducteur d'un beau poëme. Je suis sans doute bien loin de désapprouver l'amendement que propose ensuite le Jury, lorsqu'il dit qu'en cas qu'aucun poëme épique ne fût jugé digne du prix, on pourrait accorder ce prix à la meilleure traduction d'un poëme épique ancien. Mais je ne vois pas pourquoi, lorsque les décrets n'offrent aucune disposition semblable pour ce qui existe, on donnerait cette année le prix du

poëme épique à la traduction de l'Énéide par M.
Delille, qui cependant, d'après l'opinion générale,
ne vaut pas celle de M. Gaston. C'est avoir réellement une tendresse bien particulière pour ce collègue, qui a si long-temps néanmoins dédaigné de
l'être, et qui a poussé les refus jusqu'à mépriser l'autorité suprême qui voulait bien l'y inviter. Cette
proposition du Jury fait naître une observation
frappante. Pourquoi, si les traductions de M. Delille
offrent tant de mérite, le jury ne leur a-t-il pas donné
le prix destiné aux traductions? Pourquoi par des
sophismes inconcevables, après avoir refusé le prix
à M. Delille, comme traducteur, le Jury voudrait-il
lui donner un prix qui n'appartient qu'au créateur
d'une épopée? On se perd réellement dans les contradictions qu'offre le rapport du Jury; on est tenté
même de croire qu'il a voulu se jouer de M. Delille.

Heureusement le Jury nous rassure; l'aveu qu'il
fait des nombreux défauts de la traduction de M.
Delille peut seul faire refuser le prix à cet académicien; et tandis qu'il range celle de M. Gaston en seconde ligne, il est pourtant certain qu'en examinant
bien la critique, on voit qu'il y reconnaît plus de
mérite. Ce n'est donc que par suite de sa tendresse
pour ses collègues qu'il préfère M. Delille, et qu'il
termine par proposer de donner à sa traduction le
prix destiné au poëme épique, qu'il lui refuse pourtant
comme traducteur. *Fiat lux!* Pour intéresser du reste
en faveur de ce collègue, il fait sentir qu'il a eu le mé-

rite rare d'avoir *produit* dans la période du concours les deux traductions de l'*Énéide et du Paradis perdu.* Ici le Jury s'oublie, et feint d'ignorer que ces deux ouvrages ont été composés en Angleterre; que l'Énéide même a été vendue avant la période, et que peut-être M. Delille n'aurait pas trouvé en France le génie nécessaire pour produire, si ce n'est des ouvrages dans le genre du poëme de la Pitié. Que le Jury pense que ces deux ouvrages ont été publiés dans la période, cela est possible; mais il est certain qu'ayant été exécutés en Angleterre, ils n'ont pas été produits pendant la période, et que ce ne sont pas des ouvrages nationaux qui puissent entrer dans les vues du fondateur des prix. On pourrait en dire autant du poëme de l'Imagination, que le Jury propose de couronner sans doute par respect pour son ancienneté; et il est ridicule de voir ce poëme, quelque mérite qu'il ait d'ailleurs, préféré aux Amours épiques et au poëme de la Navigation, qui ont réellement été composés et publiés dans la période, et qui ne sont pas inférieurs en beautés poétiques au poëme de l'Imagination, dont la composition porte déjà une date bien éloignée.

Je me borne à ces observations, Monseigneur; je n'ai dû m'occuper que de ce qui concernait le poëme épique, n'ayant eu l'intention de concourir que pour ce genre. Si j'avais voulu étendre ces observations aux autres parties du rapport du Jury, même en ce qui touche seulement la littérature, les erreurs que j'aurais pu relever sont si nombreuses, les contradictions y sont si manifestes, la partialité y est si frappante, que j'aurais facilement démontré, je le répète, que le Jury ne s'est pas pénétré de l'importance de ses fonctions et des grandes vues du fondateur. On a peine à croire que ce soient des hommes de mérite tels qu'en renferme le Jury qui aient enfanté ce rapport. La dignité en est totalement bannie, et le plus mauvais journal, dans ses absurdes et irascibles discussions, n'eût pas produit une critique aussi dépourvue de justice, d'élévation de sentiment et d'esprit national. C'est un procès honteux fait à la littérature des temps présents, et il est bien loin de répondre aux vues d'encouragement qui ont dicté l'institution des prix décennaux.

Je supplie Votre Excellence, Monseigneur, ainsi que j'ai eu l'honneur de le faire dans ma première lettre, de vouloir bien se faire rendre compte des motifs de ma réclamation, afin que je ne sois pas privé de la discussion éclairée qui s'est déjà établie dans le sein de la seconde classe, et qui peut m'être si utile pour élaguer les défauts nombreux de mon Poëme.

Je la supplie sur-tout de daigner accueillir l'hommage de mon profond respect.

BRUGUIÈRE, du Gard.